The Littlest Glow Bug

La Luciérnaga Mas Pequeña

Written by Denise Karakla

Illustrated by Emily Wetterich

Translated to Spanish by Raul Morales

This Book Belongs To:

_____

_____

_____

_____

To all the Little Glow Bugs, always remember that you are amazing, "fantastical" and precious just as you are. I hope you will always share your light.

Para todas las pequeñas Luciérnagas, recuerden siempre que son increíbles, "fantásticas" y preciosas tal como son.

Celia flew up and over the big brown cow,
 across the meadow and "POP"
  ...right into a large tree.
"Ouch," Celia cried out.

Celia voló sobre la gran vaca color café,
 a través del prado y de pronto "PUM"
  ...se estrello directo a un árbol enorme.
"Ay", gritó Celia.

Her friend Beetle Black rushed over as fast
as he could to see if she was okay,
only to find Celia sitting up in a large pile of
leaves and rubbing a small bump on her head.

Su amigo Beetle Black se acercó tan rápido
como pudo para ver si estaba bien,
solo para encontrar a Celia sentada en una gran pila de
hojas y frotándose un pequeño chichón en la cabeza.

Celia was the tiniest of all the glow bugs; and she was
having a hard time getting her light to shine in the night sky.

Celia era la más pequeña de todas las luciérnagas;
y estaba teniendo dificultades para hacer
que su luz brillara en el cielo nocturno.

"My light just won't
light up and it really
makes me sad," she said.

"Mi luz simplemente no
se enciende y realmente
me entristece", dijo.

Beetle Black thought for a minute
and with a huge grin exclaimed rather loudly,
"I have a great, fantastical, wonderful idea!"

Beetle Black pensó por un minuto
y con una gran sonrisa exclamó en voz bastante alta:
"¡Tengo una gran, fantástica, maravillosa idea!"

Celia let out a slight groan,
raised an eyebrow and wondered
if it was like all of his other
fun adventurous but
slightly crazy ideas.

Celia dejó escapar un leve gemido,
arqueó una ceja y se preguntó
si era como todas sus otras
divertidas ideas aventureras pero
un poco locas.

Beetle Black raised his finger into the air
and with an excited voice said,
"You, my friend, you just need to be charged!"
Not paying any attention at all to the
worried look on Celia's face.

Beetle Black levantó su dedo en el aire
y con una voz emocionada dijo:
"¡Tú, mi amiga, solo necesitas que te den carga!"
Sin prestar atención
en absoluto a la expresión
de preocupación en
el rostro de Celia.

First Celia hugged a lamp, then a cell phone,
a computer, a light switch and finally a TV.
Still, she couldn't turn her light on.

Primero Celia abrazó una lámpara,
luego un celular, una computadora,
un interruptor de luz y
finalmente un televisor.
Aun así, no pudo
encender la luz.

Celia was about to give up when Beetle Black had yet another great idea....

Celia estaba a punto de darse por vencida cuando Beetle Black tuvo otra gran idea....

"Maybe, just maybe, you have to be charged by the light of the moon!"

"¡Quizás, solo quizás, puedes ser cargada por la luz de la luna!"

The Littlest Glow Bug

La Luciérnaga Mas Pequeña

Written by Denise Karakla

Illustrated by Emily Wetterich

Translated to Spanish by Raul Morales

This Book Belongs To:

_____

_____

_____

_____

To all the Little Glow Bugs, always remember that you are amazing, "fantastical" and precious just as you are. I hope you will always share your light.

Para todas las pequeñas Luciérnagas, recuerden siempre que son increíbles, "fantásticas" y preciosas tal como son.

Celia flew up and over the big brown cow,
 across the meadow and "POP"
  ...right into a large tree.
"Ouch," Celia cried out.

Celia voló sobre la gran vaca color café,
 a través del prado y de pronto "PUM"
  ...se estrello directo a un árbol enorme.
"Ay", gritó Celia.

Her friend Beetle Black rushed over as fast as he could to see if she was okay, only to find Celia sitting up in a large pile of leaves and rubbing a small bump on her head.

Su amigo Beetle Black se acercó tan rápido como pudo para ver si estaba bien, solo para encontrar a Celia sentada en una gran pila de hojas y frotándose un pequeño chichón en la cabeza.

Celia was the tiniest of all the glow bugs; and she was
having a hard time getting her light to shine in the night sky.

Celia era la más pequeña de todas las luciérnagas;
y estaba teniendo dificultades para hacer
que su luz brillara en el cielo nocturno.

"My light just won't
light up and it really
makes me sad," she said.

"Mi luz simplemente no
se enciende y realmente
me entristece", dijo.

Beetle Black thought for a minute
and with a huge grin exclaimed rather loudly,
"I have a great, fantastical, wonderful idea!"

Beetle Black pensó por un minuto
y con una gran sonrisa exclamó en voz bastante alta:
"¡Tengo una gran, fantástica, maravillosa idea!"

Celia let out a slight groan,
raised an eyebrow and wondered
if it was like all of his other
fun adventurous but
slightly crazy ideas.

Celia dejó escapar un leve gemido,
arqueó una ceja y se preguntó
si era como todas sus otras
divertidas ideas aventureras pero
un poco locas.

Beetle Black raised his finger into the air
and with an excited voice said,
"You, my friend, you just need to be charged!"
Not paying any attention at all to the
worried look on Celia's face.

Beetle Black levantó su dedo en el aire
y con una voz emocionada dijo:
"¡Tú, mi amiga, solo necesitas que te den carga!"
Sin prestar atención
en absoluto a la expresión
de preocupación en
el rostro de Celia.

First Celia hugged a lamp, then a cell phone,
a computer, a light switch and finally a TV.
Still, she couldn't turn her light on.

Primero Celia abrazó una lámpara,
luego un celular, una computadora,
un interruptor de luz y
finalmente un televisor.
Aun así, no pudo
encender la luz.

Celia was about to give up when Beetle Black had yet another great idea....

Celia estaba a punto de darse por vencida cuando Beetle Black tuvo otra gran idea....

"Maybe, just maybe, you have to be charged by the light of the moon!"

"¡Quizás, solo quizás, puedes ser cargada por la luz de la luna!"

Celia shook her head, blew the
small curl out of her face,
and up she flew as fast as her
tiny wings would carry her.

Celia negó con la cabeza, sopló
el pequeño rizo de su rostro
y voló tan rápido como sus
pequeñas alas la llevaron.

She flew across the pond, over the barn,
past the big brown cow, through the
meadow and over the big tall tree.

*Voló a través del estanque, sobre el granero,
pasó sobre la gran vaca color café,
a través del prado y sobre el árbol enorme.*

Celia went around and
around and around until she
just couldn't fly another inch.

*Celia dio vueltas y vueltas
y vueltas hasta que no pudo
volar ni una pulgada más.*

"Well??" asked Beetle Black. Celia looked at the ground and shook her head no while trying to hide a tear. Maybe tomorrow she thought, maybe tomorrow.

"¿¿Bien??" preguntó Beetle Black. Celia miró al suelo y negó con la cabeza mientras trataba de ocultar una lágrima. Quizás mañana pensó, quizás mañana.

Celia looked at the night sky as the stars
were beginning to fade and the sky was
turning from midnight blue to a silvery gold.

Celia miró el cielo nocturno mientras las estrellas
comenzaban a desvanecerse y el cielo
cambiaba de azul medianoche a dorado plateado.

It was time for the littlest glow bug to go home.
Celia and Beetle Black said goodnight
and off she flew, tired and a bit sad.

Era hora de que la
Luciérnaga más pequeña
se fuera a casa.
Celia y Beetle Black se despidieron
y Celia se fue volando, cansada y un poco triste.

Celia curled up in her
bed and fell asleep.

Celia se acurrucó en su
cálida y suave cama y se quedó
profundamente dormida.

Just as the night flowers closed and the moon turned pale, a soft glow appeared. But, the Little Glow Bug was fast asleep and did not notice.

Justo cuando las flores rosadas de las estrellas comenzaban a cerrarse y la luna se ponía pálida, apareció un cálido y suave resplandor. Pero, la Luciérnaga más pequeña estaba profundamente dormida y no se dio cuenta.

Sweet Dreams
Little Glow Bug
Dulces sueños,
pequeña Luciérnaga

Author bio

Denise is a mother, wife, grandmother, foster parent and for the past 20 years has served as a Court Appointed Special Advocate.

Denise believes we all have a beautiful light within; it is our responsibility to be the light that lifts others up.

Illustrator bio

Emily is a mom who is inspired by the lights of her life, her 3 kids. She dreams of making a difference in children's and parent's lives through art and storytelling.

Made in the USA
Monee, IL
26 April 2025

16218166R00019

Celia shook her head, blew the
small curl out of her face,
and up she flew as fast as her
tiny wings would carry her.

Celia negó con la cabeza, sopló
el pequeño rizo de su rostro
y voló tan rápido como sus
pequeñas alas la llevaron.

She flew across the pond, over the barn,
past the big brown cow, through the
meadow and over the big tall tree.

Voló a través del estanque, sobre el granero,
pasó sobre la gran vaca color café,
a través del prado y sobre el árbol enorme.

Celia went around and
around and around until she
just couldn't fly another inch.

Celia dio vueltas y vueltas
y vueltas hasta que no pudo
volar ni una pulgada más.

"Well??" asked Beetle Black. Celia looked at the ground and shook her head no while trying to hide a tear. Maybe tomorrow she thought, maybe tomorrow.

"¿¿Bien??" preguntó Beetle Black. Celia miró al suelo y negó con la cabeza mientras trataba de ocultar una lágrima. Quizás mañana pensó, quizás mañana.

Celia looked at the night sky as the stars
were beginning to fade and the sky was
turning from midnight blue to a silvery gold.

Celia miró el cielo nocturno mientras las estrellas
comenzaban a desvanecerse y el cielo
cambiaba de azul medianoche a dorado plateado.

It was time for the littlest glow bug to go home.
Celia and Beetle Black said goodnight
and off she flew, tired and a bit sad.

Era hora de que la
Luciérnaga más pequeña
se fuera a casa.
Celia y Beetle Black se despidieron
y Celia se fue volando, cansada y un poco triste.

Celia curled up in her
bed and fell asleep.

Celia se acurrucó en su
cálida y suave cama y se quedó
profundamente dormida.

Just as the night flowers closed and the moon turned pale, a soft glow appeared. But, the Little Glow Bug was fast asleep and did not notice.

Justo cuando las flores rosadas de las estrellas comenzaban a cerrarse y la luna se ponía pálida, apareció un cálido y suave resplandor. Pero, la Luciérnaga más pequeña estaba profundamente dormida y no se dio cuenta.

Sweet Dreams
Little Glow Bug
Dulces sueños,
pequeña Luciérnaga

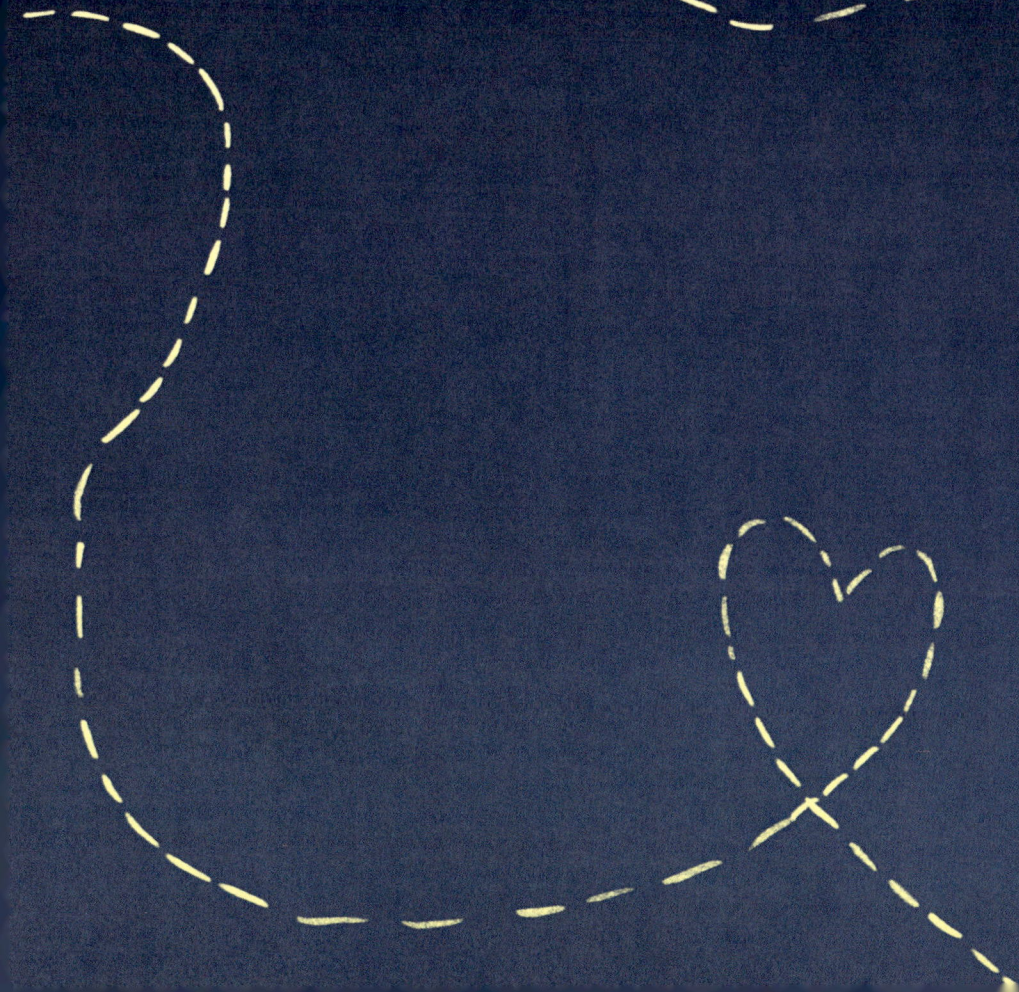

Author bio

Denise is a mother, wife, grandmother, foster parent and for the past 20 years has served as a Court Appointed Special Advocate.

Denise believes we all have a beautiful light within; it is our responsibility to be the light that lifts others up.

Illustrator bio

Emily is a mom who is inspired by the lights of her life, her 3 kids. She dreams of making a difference in children's and parent's lives through art and storytelling.

Made in the USA
Monee, IL
26 April 2025